LE GALOP DES ÉTOILES

UN CHEVAL POUR ARIANA

14 bis, rue des Minimes
75003 Paris

NAÏMA ZIMMERMANN
ILLUSTRATIONS D'ARIANE DELRIEU

LE GALOP DES ÉTOILES

UN CHEVAL POUR ARIANA

playBac

LES ÉLÈVES

Ariana Manzini

Epona Dewilde

Inès Amara

Dimitri Mirnov

Ophélie Daumas

LES PROFESSEURS

M. Dewilde
Directeur du Haras des étoiles

Mme Vallière
Professeure principale d'équitation

LES CHEVAUX

Flèche
Falabella palomino

Cherokee
Cheval alezan

Summer
Jument baie

Vif-Argent
Cheval gris souris

Amaryllis
Cheval Camargue

Tempête
Cheval noir gène Silver

Retrouve la définition des mots en rose
dans le lexique en page 115.

CHAPITRE 1

La rentrée d'Ariana

Ariana se pince pour la dixième fois.

– Aïe ! murmure-t-elle en se frottant le bras.

Elle y est allée un peu fort. Mais la chambre est bien là, plongée dans l'ombre. Son casque d'équitation est toujours posé sur son bureau. En se relevant, elle distingue les longues boucles noires de sa camarade de chambre, qui dort dans son lit.

Elle est au Haras des étoiles pour de vrai !

Elle va monter à cheval tous les jours dans un collège où les autres élèves aimeront autant l'équitation qu'elle ! Elle n'arrive pas à y croire.

Devenir élève ici est très difficile. Ariana s'est souvent sentie découragée pendant les mois qu'elle a passés à travailler pour entrer dans ce collège. Elle a dû améliorer ses notes à l'école et préparer son Galop 3. Remplir le dossier d'inscription n'a pas été simple non plus. Rien qu'écrire la lettre expliquant pourquoi elle voulait étudier au Haras lui avait donné du mal : Ariana adore les chevaux, l'odeur des écuries et la sensation du vent sur son visage quand elle galope au poney-club. Être élève dans un collège dans lequel on fait du cheval est son rêve.

Mais il n'est pas si simple de dire tout ça dans une lettre.

Après des semaines d'attente et d'angoisse, elle a été présélectionnée. La lettre qui le lui annonçait était accompagnée d'une liste d'exercices à réaliser à cheval pendant qu'on la filmerait pour que le jury puisse la voir monter. Elle a eu très peur de ne pas être prise. Le Haras des étoiles n'a que deux classes par niveau et accepte très peu d'élèves…

Un mois plus tard, elle a reçu la réponse qu'elle attendait : elle est admise. Et aujourd'hui, Ariana Manzini est élève de sixième au Haras des étoiles !

Ce matin du 3 septembre, c'est enfin la rentrée ! Ariana est si excitée qu'elle a à peine fermé l'œil de la nuit. Elle aurait bien voulu discuter avec la fille qui partage sa chambre, mais quand elle a essayé d'engager la conversation, celle-ci a juste marmonné qu'elle s'appelait Inès Amara et qu'elle rentrait en sixième elle aussi. Ensuite, Inès s'est enfermée dans la salle de bains pour téléphoner dans une langue qu'Ariana ne comprend pas. Après être revenue dans la chambre, elle s'est tout de suite couchée, sans rien dire.

Ariana n'a pas osé insister. Peut-être qu'Inès venait de loin et que le voyage l'avait fatiguée ?

Finalement, Ariana écarte ses couvertures et se lève sans faire de bruit : elle aperçoit la lumière du jour par le mince espace entre les rideaux tirés et, même s'il est très tôt, impossible de se rendormir !

Elle va s'habiller dans la salle de bains et se regarde un moment dans la glace. Ça lui fait bizarre de mettre l'uniforme des élèves du Haras. Elle veut le porter depuis si longtemps ! Il est composé d'une jupe et d'un blazer bleus. Ariana se penche en avant pour scruter l'emblème de l'école brodé près de son cœur. C'est une tête de cheval avec une tache blanche sur le front. La monitrice de son ancien poney-club lui a expliqué qu'on appelle ce genre de tache une « étoile ». C'est sûrement de là que vient le nom du Haras.

Après avoir attaché ses cheveux blonds, Ariana quitte la chambre sur la pointe des pieds - tout le monde doit encore dormir. Elle descend les escaliers et sort de l'internat sans rencontrer personne.

Le cœur battant, Ariana fait un tour sur elle-même. Le soleil vient de se lever, mais il fait assez clair pour qu'elle puisse admirer le paysage.

– Waouh ! C'est incroyable, ici ! souffle-t-elle, émerveillée.

Elle est arrivée la veille dans l'après-midi et, avec la réunion de prérentrée et l'installation dans sa chambre, elle n'a pas eu le temps de visiter le parc ni les écuries. Bien sûr, elle a vu des photos et une carte de l'endroit sur Internet, mais c'est plus impressionnant en vrai.

Ariana doit lever la tête pour admirer le château. Le pensionnat n'en occupe qu'une partie. L'immense bâtiment en pierre blanche est hérissé de petites tours et surmonté d'un toit gris.

Au pied du château, un jardin s'étend à perte de vue.

– Bon, cherchons les écuries ! lance-t-elle à voix haute.

D'après le plan qu'Ariana a vu, elles doivent être derrière le château. Elle longe celui-ci, marchant sur une allée de gravier blanc bordé par un mur végétal touffu.

Tout à coup, à quelques mètres devant elle, la haie se met à s'agiter en faisant un bruit terrible. Ariana s'arrête net : on dirait qu'une bête énorme est cachée là-dedans !

CHAPITRE 2

Une nouvelle amie

Ariana s'apprête à se sauver en courant, lorsqu'un museau roux clair fait son apparition, suivi d'une crinière dorée si pâle qu'elle est presque blanche.

C'est un cheval !

Ariana s'approche doucement. L'animal sort du buisson en s'ébrouant pour se débarrasser des feuilles accrochées à son poil. C'est le plus petit cheval qu'elle ait jamais vu.

Il est à peine plus grand que le labrador de sa grand-mère !

Elle tend la main vers lui pour qu'il la sente avant de le caresser.

– N'aie pas peur, lui dit-elle. C'est drôle, tu ne ressembles pas à un shetland…

– C'est un falabella. Cette race vient d'Argentine et ce sont les plus petits chevaux du monde ! Il s'appelle Flèche.

Une fille en uniforme, dont les cheveux roux sont attachés en une queue-de-cheval surmontée d'un gros nœud noir, traverse à son tour le buisson.

– Salut. T'es nouvelle ?

– Oui, je suis arrivée hier. Je m'appelle Ariana, je rentre en sixième.

Flèche lui donne des coups de museau pour qu'elle continue de le caresser et elle se met à rire.

– Moi, c'est Epona. Tu veux voir un truc cool ?

Ariana hoche la tête et Epona lui fait signe de reculer. Alors, elle lève la main.

– *Up*[1] !

Flèche se dresse sur ses pattes arrière et tient jusqu'à ce qu'elle lui fasse signe de redescendre. Ariana applaudit.

– Qu'est-ce qu'il est doué ! Tu as l'air

1. « Debout », en anglais.

de bien le connaître. Tu es élève ici depuis longtemps ?

– Mon père dirige le Haras, explique Epona. Je rentre aussi en sixième. Peut-être qu'on sera dans la même classe !

– Alors tu as grandi ici ? La chance ! Tu dois être super bonne cavalière !

– Je me débrouille, dit Epona avec modestie. Si tu es arrivée hier, tu n'as pas dû voir les écuries. Tu veux que je te fasse visiter ? On a encore le temps avant le petit déjeuner.

– Oh oui, allons-y ! répond Ariana avec enthousiasme.

Elles se mettent en route, Flèche sur leurs talons. Au bout du chemin de graviers apparaissent plusieurs dizaines de boxes qui formant un demi-cercle autour d'une cour pavée. Au centre du demi-cercle s'ouvre une double porte en bois peinte en rouge. Ce sont les écuries. Ariana n'en a jamais vu de si grandes ni de si belles.

– Il y a aussi des chevaux à l'intérieur, dit Epona en désignant la porte.

Au son de sa voix, un cheval bai au poil brun avec une tache blanche sur le front et une crinière noire passe la tête à l'extérieur de son box et hennit.

– Qu'est-ce qu'il est beau ! s'écrie Ariana en se précipitant vers lui.

Le nom Summer[1] est marqué sur la partie inférieure de la porte. Ariana tend la main vers l'animal, mais il couche les oreilles en reculant.

– Fais attention, elle mord, prévient Epona.

1. « Été », en anglais.

– Oh. On ne peut pas la monter, alors ?

– Si. C'est une bonne sauteuse, mais elle a ses têtes. Et puis, quand elle décide d'être pénible, c'est un vrai monstre.

Ariana jette un dernier regard à la jument. Elle est déçue de ne pas pouvoir la caresser, mais cela n'a pas d'importance : ce ne sont pas les chevaux qui manquent, ici.

Elle respire à pleins poumons l'odeur de foin et d'écurie pendant qu'Epona lui présente les chevaux avec lesquels elle passera tous ses après-midi et ses week-ends.

Au Haras des étoiles, on ne va en classe que le matin, le reste du temps est consacré à l'équitation. Cet endroit est encore plus merveilleux qu'elle ne l'avait imaginé : le château est majestueux, les animaux sont magnifiques, il y a aussi Flèche, le cheval miniature… Ariana a hâte de monter. En plus, elle s'est déjà fait une amie !

CHAPITRE 3

Matinée de classe

Les écuries sont grandes et Ariana a à peine le temps d'en faire le tour avant le petit déjeuner. En arrivant dans le réfectoire, elle pense encore aux chevaux qu'elle vient de rencontrer : Artax, l'immense étalon blanc tacheté de brun, Islandaise, qui l'a laissée caresser son museau et Obélix, qui a de merveilleux yeux bleus…

Elle sourit tellement qu'elle commence à avoir mal aux joues.

Alors qu'elle fait la queue pour se servir à manger, elle remarque sa camarade de chambre. Elle est soudain frappée par sa petite taille : Inès fait presque une tête de moins qu'elle. Elle ressemble à une poupée, avec ses boucles noires retenues par des barrettes dorées et son uniforme !

Ariana lui fait signe alors qu'Inès regarde dans sa direction, mais celle-ci détourne le visage, feignant de ne pas l'avoir vue. Ses yeux noirs sont cernés et elle n'a pas très bonne mine.

Ariana fronce les sourcils. Décidément, on dirait qu'Inès n'a pas envie de lui parler.

– Tu la connais ? demande Epona, qui a empilé une quantité de nourriture impressionnante sur son plateau.

– On partage la même chambre.

Dès qu'elles sont assises, Epona se jette sur ses céréales au chocolat comme si elle n'avait pas mangé depuis des jours. Sur son plateau, il y a aussi une pomme, un yaourt et trois morceaux de pain avec du beurre et de la confiture.

– Tu vas manger tout ça ? demande Ariana, amusée.

– Je grandis, j'ai besoin de forces, répond Epona sans lever le nez de son bol. Pourquoi ta copine ne s'assoit pas avec nous ?

Ariana remue son chocolat chaud en cherchant Inès des yeux : elle s'est installée toute seule au bout d'une table.

– Ce n'est pas vraiment ma copine. En fait, j'ai l'impression qu'elle ne m'aime pas.

– Tu n'es arrivée qu'hier. Qu'est-ce que tu lui as fait ? demande Epona avec surprise.

– Rien, mais on dirait qu'elle m'évite.

Epona n'insiste pas. De toute façon, elle est trop occupée à engloutir ses tartines. Ariana termine son petit déjeuner en essayant de ne plus penser à Inès. Elle ne lui a pour ainsi dire pas adressé la parole : elle n'a pas pu faire une gaffe sans s'en rendre compte, si ?

Leur repas fini, les deux filles quittent le réfectoire. Il faut sortir du château et passer par la porte principale pour accéder aux salles de classe.

L'immense entrée est bordée de vitrines remplies de rubans et de coupes. Intimidée, Ariana avance jusqu'au panneau en liège, où est affichée la composition de chaque classe.

– Des élèves du Haras ont gagné tous ces prix ? demande-t-elle à Epona.

– Oui. Tu sais, certains d'entre eux sont devenus célèbres, dit celle-ci en examinant la liste des élèves des deux sixièmes. Ah, zut ! On n'est pas dans la même classe !

Déçue, Ariana vérifie. En effet, elle est en sixième 1 alors qu'Epona est en sixième 2.

– C'est fou, ces classes sont toutes petites. Il n'y a que quinze élèves dans la mienne !

– C'est super, hein ? dit Epona, l'air aussi fière que si elle dirigeait le collège elle-même. Comme ça, les professeurs peuvent passer du temps avec tout le monde.

Epona a raison : Ariana a beaucoup de chance d'avoir été acceptée ici. Mais elle aurait aimé être dans la même classe que sa nouvelle amie.

– Inès est avec moi, évidemment…

– Laisse-lui une chance, lui conseille Epona. Peut-être qu'elle n'est pas du matin.

– Peut-être, concède Ariana.

Elle aimerait y croire, mais elle a quelques doutes.

De toute façon, elle ne peut rien y faire et les professeurs principaux arrivent déjà.

– Les sixième 1 ! crie une femme en tailleur noir. Venez ici, on ne va pas y passer la journée !

Ariana a le sentiment qu'il vaut mieux ne pas la faire attendre.

– On se voit au déjeuner ! glisse-t-elle à Epona avant de rejoindre sa classe.

– Oui, et puis on a équitation ensemble cet après-midi ! lui rappelle Epona.

Cette idée rend le sourire à Ariana. Rien de tel que la perspective de monter à cheval pour éclairer votre journée… même s'il faut d'abord aller en classe toute la matinée.

CHAPITRE 4

Sport, voltige, soins ou spectacle ?

Dès que la sonnerie de midi retentit, Ariana prend son sac et court vers la cantine. Le déjeuner n'est pas servi dans le réfectoire des pensionnaires, qui n'est utilisé que pour le petit déjeuner et le dîner. Il y a aussi quelques demi-pensionnaires au Haras.

Ariana est si impatiente de retrouver Epona et de monter à cheval qu'elle a été distraite toute la matinée. Mme Li, sa professeure principale, l'a rappelée à l'ordre trois fois.

Epona est déjà assise quand Ariana la rejoint. Sitôt installée, cette dernière sort son emploi du temps. Elle l'examine en attaquant son poisson pané et ses haricots verts.

– Ralentis un peu, tu vas finir par t'étouffer. Ce poisson n'ira nulle part, tu sais, plaisante Epona.

Ariana rougit et fait un effort pour manger moins vite.

Tous les jours, elle a cours jusqu'à midi. L'équitation commence à 14 heures. Le programme change quotidiennement. Le mardi, par exemple, elle n'a qu'une heure et demie de cheval, alors que le lundi et le jeudi, les cours durent jusqu'à la fin de l'après-midi, avec une pause pour le goûter. Et elle a plein de matières différentes : plat, obstacle, cross... Son emploi du temps contient aussi des cases « spécialité » ou « initiation activité ». Et un samedi sur deux, c'est randonnée équestre.

– Je suis impatiente de commencer, ce collège est tellement génial !

– Ne te fais pas trop d'idées ou tu vas être déçue, la prévient Epona. C'est une super école, je ne vais pas te dire le contraire, mais ça reste un collège.

– C'est vrai, j'ai déjà quatre exercices de maths à faire et un chapitre à lire en histoire, admet joyeusement Ariana. Mais je suis trop contente quand même !

Epona ricane dans sa salade de fruits.

– On verra si tu dis toujours ça dans un mois…

Quand elles sortent du château, elles remarquent un petit attroupement.

– Qu'est-ce qui se passe ? s'interroge Ariana.

Epona lève les yeux de la barre de céréales qu'elle est en train de déballer.

– Ah, je crois que je sais…

Elle se met sur la pointe des pieds pour voir ce qui retient l'attention des élèves.

– C'est bien ce que je pensais : c'est Flèche, continue-t-elle. Il a beaucoup de succès et il en profite à fond. Ce goinfre ferait n'importe quoi pour un biscuit. C'est un miracle qu'il ne soit pas obèse.

Ariana cache un sourire derrière sa main. D'après ce qu'elle a vu depuis ce matin, Epona n'a rien à envier à Flèche au niveau de l'appétit.

– Je vais me changer et prendre mes affaires d'équitation, dit Epona.

Sa famille vit dans une maison près du château. Quand Ariana rejoint son dortoir, Inès n'est pas là. Elle se met en tenue, tresse ses cheveux blonds pour qu'ils ne la gênent pas et prend son casque.

Elle a tout juste le temps de se promener un peu et de regarder un élève faire du dressage dans une carrière devant laquelle un panneau indique « 4ème », qu'il est temps d'aller en cours.

Les vingt-neuf élèves de sixième se rassemblent dans une salle à côté des écuries.

– Je suis Mme Vallière, se présente une femme aux cheveux courts. Je suis responsable de la section sport, et c'est moi qui vais vous expliquer comment ça se passe ici. Vous savez certainement que dans cette école, nous avons différentes spécialités.

Elle fait une pause et plusieurs élèves répondent « oui ! » à tue-tête.

– Vous aurez des enseignements communs. Des cours pratiques comme le plat, l'obstacle, le cross et des randonnées, et aussi une classe théorique qui vous apportera les connaissances nécessaires pour prendre soin de votre cheval.

Quelques gémissements et plaintes exagérés accueillent cette annonce.

– Eh oui, vous ne pouvez pas passer votre vie à cheval : même les cavaliers doivent parfois rester assis dans une salle de classe pour apprendre des choses, reprend Mme Vallière avec un sourire. Chacun d'entre vous devra aussi choisir une spécialité pour l'approfondir. Savez-vous quelles disciplines nous proposons ?

Un garçon très pâle aux cheveux châtains et aux yeux bleus lève la main.

– Sport, voltige, soins et spectacle, répond-il.

– C'est bien ça, Dimitri, dit la professeure. Je vous conseille d'assister à quelques cours dans chaque domaine avant de vous décider.

Elle leur fait passer une feuille sur laquelle il faut indiquer son nom, sa classe et la discipline choisie.

– Vous avez un mois pour me rendre cette feuille, alors réfléchissez bien ! Ensuite, vos professeurs sélectionneront votre cheval. Nous essayerons de trouver celui qui vous correspond le mieux et vous le monterez jusqu'à la fin de l'année.

Ariana s'imagine essayant les différentes spécialités : organiser un spectacle, battre des records de vitesse, danser à cheval ou apprendre à soigner sa monture... tout a l'air intéressant !

– Aujourd'hui, nous allons former des groupes et voir ce que chacun d'entre vous sait faire. Mais d'abord, puisque vous êtes tous nouveaux ici, vous allez vous présenter pour qu'on se connaisse un peu !

Elle désigne Inès pour commencer. Celle-ci devient toute rouge et parle si doucement qu'il est difficile de l'entendre. Ariana ne comprend pas pourquoi elle semble aussi angoissée : ils sont tous là parce qu'ils aiment les chevaux, personne ne va se moquer d'elle.

Mais au fur et à mesure que les élèves passent, elle se sent de moins en moins à l'aise. Ils ont tous fait plein de compétitions et de stages. Ils savent quelle spécialité ils veulent faire et certains ont déjà décidé de leur futur métier. Une fille de sa classe,

Ophélie, a son propre cheval, et Epona monte depuis qu'elle a deux ans. Même Inès, qui n'a visiblement pas envie de parler, sait qu'elle veut faire de la voltige et a participé à des spectacles dans un cirque... Sans compter qu'elle a un an d'avance !

Plus elle écoute les autres, plus Ariana se sent nulle. Elle est là parce qu'elle aime faire des randonnées à cheval avec ses amis du poney-club, mais elle n'a participé qu'à quelques compétitions régionales, pour s'amuser. Pourquoi a-t-elle été acceptée au Haras des étoiles ? Jusqu'ici, elle pensait être bonne cavalière, mais les autres élèves ont tous l'air d'être des sortes de génies.

Quand arrive son tour, elle ne sait plus quoi dire.

– Je m'appelle Ariana Manzini. Je suis en sixième 1 et j'ai onze ans. J'adore les chevaux, termine-t-elle, moins fort.

Elle rit après avoir parlé, se sentant bête. À présent, elle est presque sûre qu'elle est rouge, elle aussi. Elle essaye d'écouter les élèves qui parlent après elle, mais elle n'arrête pas de repenser aux choses plus intelligentes qu'elle aurait dû dire.

Une fois les présentations faites, la professeure répartit les élèves par groupes et leur attribue à chacun un cheval qu'ils doivent aller préparer.

Ariana est dans le même groupe qu'Epona, mais elle n'a pas le temps de s'en réjouir.

– Tu montes Summer, lui annonce Mme Vallière.

Summer ? La jument qui mord ?

– Oh non ! s'exclame Ariana.

– Un problème ?

– Non, madame. J'y vais.

– Bon courage, lui glisse Epona avec une grimace, alors qu'elles se dirigent vers les box.

Comment va-t-elle faire pour préparer le cheval qu'elle n'a même pas réussi à caresser ce matin ?

CHAPITRE 5

Un premier jour difficile…

Inquiète, Ariana entre dans le box de la jument. Il faut lui mettre un licol pour la sortir et la préparer à être montée. Mais Summer n'a aucune intention de se laisser faire : chaque fois qu'Ariana s'approche, la jument recule en secouant la tête et en poussant de petits hennissements.

Ariana commence à avoir mal aux épaules à force d'essayer d'atteindre le cou de l'animal en tenant à bout de bras la longe et le licol. Elle entend les autres chevaux marcher à l'extérieur : elle va être la dernière à sortir !

– Allez ! Je te donnerai plein de carottes si tu te tiens tranquille. Ce n'est pas si terrible !

Mais le cheval continue de l'éviter. On dirait presque que ça l'amuse.

– Tout va bien ?

Ariana se retourne alors que Mme Vallière passe la tête dans le box.

– Oui, pas de problème, répond-elle.

Mais quand elle tente de poser la main sur l'encolure du cheval pour le prouver, Summer recule d'un coup. Ariana glisse sur la paille et tombe assise en plein sur du crottin tout frais.

Elle retient un cri de frustration tandis que Summer la regarde de ses grands yeux sombres.

– Ah, Summer n'est pas toujours facile avec les inconnus, dit la professeure avec un sourire. Est-ce que tu t'es fait mal ?

Ariana secoue la tête, retenant ses larmes. Elle s'est ridiculisée et Mme Vallière va croire qu'elle est incapable de mettre un licol à un cheval, alors qu'elle l'a fait des centaines de fois auparavant !

– Va te changer, dit la professeure. Tu voudras revenir pour le reste de la leçon ou tu préfères attendre demain ?

Ariana n'a pas de chance aujourd'hui, elle le sent. Et il n'est pas question qu'elle approche de nouveau cette horrible jument !

– Demain, murmure-t-elle.

– D'accord. Ne te décourage pas, ça peut arriver à tout le monde, la rassure Mme Vallière.

Ariana hoche la tête, mais elle n'est pas convaincue.

Elle sort du box et referme bien la partie inférieure de la porte pour que Summer ne s'échappe pas - il ne manquerait plus que ça ! -, puis court jusqu'au dortoir.

Pourvu que personne ne la voie avec son pantalon dégoûtant ! C'est la honte !

En attendant le dîner, Ariana fait ses devoirs. Elle se sent un peu triste, alors elle appelle sa mère sur son portable. Mais au moment où celle-ci décroche, Ariana n'arrive pas à parler de ses doutes : il lui a fallu des mois pour convaincre ses parents de l'inscrire, alors elle ne peut pas se plaindre.

– Comment ça se passe ? demande sa mère.

– C'est super. Tout est génial.

De toute façon, maintenant qu'elle entend la voix de sa mère, elle se sent mieux. Et puis, ce n'est que le premier jour.

Au dîner, Epona lui jure que personne n'a remarqué son pantalon plein de crottin. Et apparemment, un autre élève est tombé devant tout le monde en descendant de cheval. Ce n'est pas très sympa, mais Ariana se sent moins seule en apprenant que quelqu'un d'autre n'a pas eu de chance aujourd'hui… Après avoir mangé, elle rejoint sa chambre d'un pas plus léger.

Comme la veille, Inès murmure qu'elle est fatiguée dès qu'Ariana tente de lui parler. Ensuite, elle s'enferme dans la salle de bains avec son téléphone jusqu'à l'heure du coucher.

Ariana essaye de ne pas se vexer. Ça ne veut pas dire que sa camarade de chambre ne veut pas devenir son amie… si ?

Finalement, elle éteint la lumière, décidée à ne pas se décourager. Son premier jour ne s'est pas passé comme elle l'aurait voulu, mais elle ne va certainement pas laisser cette mésaventure gâcher son bonheur d'être au Haras !

CHAPITRE 6

... Et puis un autre

Le lendemain, Ariana se lève pleine d'énergie et résolue à faire de son mieux. Elle attend avec impatience l'après-midi pour pouvoir enfin monter à cheval.

C'est M. Linsky, le professeur responsable de la section voltige, qui fait cours aujourd'hui. Ils vont monter dans l'une des carrières. Il lui attribue Obélix, un cheval roux avec des poils blancs sur la tête et les pattes. Il a aussi les yeux très bleus. Epona lui a expliqué qu'on appelle cette couleur « sabino » et qu'elle est rare. Ariana n'en revient pas de monter un cheval aussi extraordinaire !

Elle est surtout soulagée de ne pas avoir à travailler avec Summer.

– Tu montes quel cheval ? lui demande Epona en la rejoignant dans la sellerie.

– Obélix, lui répond Ariana en mettant les affaires de celui-ci sur un chariot pour les apporter jusqu'au box.

– Ne t'en fais pas, lui, c'est un gentil cheval.

Ariana hoche la tête, vérifiant qu'elle a ce qu'il faut : la selle, le tapis, la sangle, le filet… tout est là. Elle jette un coup d'œil dans la boîte de pansage pour s'assurer que les brosses sont à leur place, puis elle se dépêche de quitter la sellerie.

– À tout de suite ! lance-t-elle par-dessus son épaule.

– Hé, Ariana ! Pour seller Obélix… commence Epona.

– C'est bon, je vais me débrouiller ! la coupe Ariana. Il faut que j'y aille.

Elle est nerveuse. Elle espère qu'Obélix va bien se tenir : après les problèmes qu'elle a eus hier, elle doit prouver qu'elle est capable de préparer un cheval comme il faut !

Enfin… un cheval qui ne mord pas.

Obélix la laisse lui mettre le licol et le sortir dans la cour sans faire d'histoire. Après l'avoir attaché à l'anneau métallique scellé dans le mur à côté de son box, Ariana vérifie ses sabots et le brosse avec son bouchon. Il est déjà propre : on voit que le dernier élève qui l'a monté l'a pansé avec soin.

M. Linsky passe pour observer les élèves et s'arrête près d'elle pendant qu'elle met son filet au cheval. Elle essaye d'être rapide et précise. Le professeur hoche la tête sans que le chapeau blanc à ruban noir qu'il porte ne bouge de son crâne. On dirait les chapeaux que mettent les hommes dans les vieux films, et Ariana doit admettre que c'est assez chic.

Il passe à l'élève suivant sans rien dire et Ariana pousse un soupir de soulagement. Jusqu'ici, tout va bien !

Elle prend Obélix par la bride et rejoint son groupe, qui gagne la petite carrière réservée aux élèves de sixième. Dès qu'elle se hisse sur le dos de son cheval, Epona s'approche d'elle. Montée sur une jument alezane, elle se penche pour regarder la selle d'Obélix.

– Tu as assez serré la sangle ? lui demande-t-elle.

– Bah oui. Je sais seller un cheval, répond Ariana, surprise et un peu vexée.

– C'est juste que…

Ariana s'écarte d'Epona sans la laisser finir. C'est vrai qu'elle n'a pas été géniale avec Summer, mais ce n'est pas comme si elle était débutante.

Les cavaliers font d'abord un tour d'échauffement autour de la piste. M. Linsky demande ensuite à chacun de changer d'allure en faisant des zigzags, puis des huit.

Au pas, tout va bien, mais au trot, Ariana se sent soudain glisser sur le côté. Elle réussit à se remettre d'aplomb, mais dès qu'elle change de direction, la selle tourne et Ariana se retrouve de travers sur son cheval. Elle est obligée de se cramponner à son cou de ses deux bras pour ne pas tomber.

– Arrête-toi ! Stop ! crie-t-elle. Obélix, arrête !

Le cheval ralentit et Ariana réussit à sortir ses pieds des étriers pour sauter du cheval. Le visage brûlant de honte, elle se retourne vers les autres. Epona a l'air de se retenir de rire, mais M. Linsky fronce les sourcils.

– Quelle a été ton erreur ? demande-t-il.

Ariana examine la selle et le tapis qui pendent lamentablement sur le flanc de l'animal.

– Je ne comprends pas. J'ai pourtant fait attention en réglant la sangle !

– Obélix gonfle souvent le ventre quand on le selle. C'est de là que vient son nom, la défend Epona.

– C'est vrai, mais ça n'excuse pas l'oubli de sa cavalière, dit M. Linsky. Que ça vous serve à tous de leçon : il faut toujours vérifier que votre selle est correctement installée quand vous arrivez sur votre zone de travail.

Ariana entraîne Obélix hors du circuit pour remettre la selle d'aplomb et resserrer la sangle. Elle garde les yeux baissés vers le poil luisant de l'animal pour ne pas avoir à regarder les autres.

Quand elle remonte à cheval, Epona s'approche d'elle.

– Désolée, j'ai essayé de te prévenir, souffle-t-elle.

Puis soudain, elle se met à pouffer.

– Pardon mais… tu aurais dû voir ta tête ! Et le cri que tu as poussé…

Elle recommence à rire.

– On se concentre, les filles : le cours n'est pas terminé, les gronde M. Linsky.

– Pardon, monsieur, marmonne Ariana en s'écartant d'Epona.

Même si elle sait qu'Epona n'avait pas l'intention d'être méchante, Ariana ne lui adresse plus la parole de la leçon. Elle est si en colère contre elle-même qu'elle n'a plus envie de voir personne.

Après le cours, M. Linsky leur demande d'aller faire brouter leurs chevaux. Ariana emmène Obélix le plus loin possible de son groupe, puis elle rejoint sa chambre dès qu'il est dans son box. Au dîner, elle arrive après tout le monde et fait semblant de ne pas voir Epona lui faire signe. Elle n'y serait pas allée du tout si assister aux repas n'avait pas été obligatoire… et si son ventre n'avait pas autant gargouillé.

Après le dîner, Ariana reçoit un SMS de Juliette, une amie de son ancien poney-club. Elle ne répond pas : elle a trop honte de lui raconter qu'elle s'est déjà ridiculisée devant tout le monde alors que les cours viennent à peine de commencer.

Pour une fois, elle est soulagée qu'Inès l'ignore. Elle a juste envie d'aller se coucher et d'oublier ces deux premiers jours.

CHAPITRE 7

La convocation

Ariana se répète que ça va passer. Qu'il suffit qu'elle s'habitue au Haras. Mais elle n'arrive pas à s'en persuader.

Cela fait deux semaines qu'elle est élève ici et elle n'arrête pas de faire des bêtises. Elle rate un saut pendant le cours de M. Linsky, se trompe sur un parcours avec Mme Vallière, et quand elle nettoie le filet d'un cheval sous le regard de Mme Fontaine, la responsable de la section soins, elle est si stressée qu'elle le remonte mal… Maintenant, l'équitation l'angoisse au lieu de lui faire plaisir.

C'est comme si elle avait oublié tout ce qu'elle avait appris durant ses quatre années au poney-club. Tout était si simple, là-bas : faire du cheval était agréable et excitant. À présent, elle arrive à peine à se rappeler combien elle adorait monter avant, quand elle ne passait pas son temps à essayer de garder ses épaules en arrière et à vérifier et revérifier chaque détail de peur de faire une erreur.

Elle a assisté aux cours des spécialités et tout a l'air horriblement difficile : elle ne se sent pas assez forte en course pour s'inscrire en sport, pas assez gracieuse pour la voltige, sans parler de tout ce qu'il faut savoir pour la section soins ou pour organiser un spectacle ! Elle ne sera jamais à la hauteur, c'est sûr. Quand elle y pense le soir dans son lit, elle a envie de pleurer.

Epona est venue s'excuser plusieurs fois pour l'incident avec Obélix. Ariana ne lui en veut pas, mais elle l'évite un peu. Ce n'est pas seulement parce que son amie s'est moquée d'elle. Epona est une cavalière exceptionnelle. Sa posture est parfaite : on dirait qu'elle est née pour monter à cheval. Ariana se sent encore plus nulle quand elle la regarde. Elle sait que c'est injuste de lui en vouloir pour ça et que cela ne sert à rien d'être jalouse. Mais elle ne peut pas s'en empêcher.

Tous les jours après les cours du matin, Ariana va vérifier sa boîte aux lettres. Chaque pensionnaire a la sienne, et c'est là qu'on met leur courrier, mais aussi parfois des messages de l'administration du collège. Et aujourd'hui, elle y trouve une feuille pliée en deux :

« Ariana Manzini est priée de se rendre dans le bureau du directeur à 13 heures le lundi 24 septembre. »

Elle a soudain très mal au ventre. Est-ce qu'elle est si mauvaise cavalière que ses professeurs veulent déjà la renvoyer ? Qu'est-ce qu'elle va dire à ses parents ? Et à ses amis à qui elle n'arrête pas de répéter que ça se passe bien au Haras ?

Tout le monde va la prendre pour une menteuse !

Elle va déjeuner, les jambes tremblantes. La feuille semble peser une tonne dans son sac. Dès qu'elle s'installe à une table avec son plateau, Epona vient s'asseoir près d'elle.

– Ça va ?

Ariana ne répond pas, elle remue sa ratatouille avec sa fourchette. Si elle ouvre la bouche, elle est sûre qu'elle va parler du message qu'elle vient de recevoir et elle ne veut pas qu'Epona ait pitié d'elle. Est-ce qu'elle pense qu'Ariana n'a aucun talent, elle aussi ?

– Tu n'es pas encore en train de faire la tête ? Je me suis déjà excusée ! C'est pas ma faute si tu es tombée d'Obélix ! dit Epona, d'un ton de reproche.

Tout à coup, Ariana se sent si malheureuse qu'elle n'arrive plus à retenir ses larmes. Elle se lève en laissant son plateau et sort de la cantine en courant. Elle dépasse Flèche, qui est couché dans l'entrée du château, et se précipite aux écuries.

Sans réfléchir, elle passe par la porte en bois rouge. Une fois dans l'écurie intérieure, elle éclate en sanglots.

Soudain, un bruit lui fait lever la tête. Mme Vallière la regarde depuis l'intérieur d'un box. Elle a du foin dans ses courts cheveux blond platine, et Ariana laisse échapper un éclat de rire mouillé.

– Ah tiens, il me semblait bien avoir entendu quelqu'un. Tu n'es pas en train de déjeuner ? demande Mme Vallière, comme si elle n'avait pas remarqué qu'elle pleurait.

Ariana renifle et s'essuie les yeux avec la manche de son uniforme.

– Je n'ai pas très faim, répond-elle dans un filet de voix.

– Je vois. Tu veux m'aider à nettoyer les box ?

Ariana hoche la tête. Mme Vallière sort lui chercher une fourche et une brouette pour qu'elle enlève la paille souillée du box d'à-côté. Elles travaillent un moment en silence. Ariana se sent plus calme, maintenant qu'elle fait quelque chose.

– Alors, tu veux me dire ce qui se passe ? demande enfin la professeure.

Ariana n'a pas très envie d'en parler, mais elle a aussi l'impression que si elle continue à ne rien dire, elle va exploser.

– Je ne comprends pas pourquoi j'ai été acceptée ici. Les autres sont tous meilleurs que moi, dit-elle sans arrêter de nettoyer.

Elle entend Mme Vallière soupirer.

– Le Haras des étoiles est une école. On choisit des élèves qui ont du potentiel, on ne s'attend pas à ce que vous sachiez tout faire en arrivant. Je me souviens que ta lettre de motivation était très enthousiaste. On voyait tout de suite que tu aimais vraiment les chevaux et que tu avais envie de progresser.

– Mais je ne sais rien faire ! Je n'arrive même pas à choisir ma spécialité. Le sport, ça a l'air hyper dur ; les soins, c'est trop de trucs à apprendre et de... sciences.

– Et la voltige ?

– J'ai fait de la danse quand j'étais petite et je n'étais pas douée pour ça.

– Je suis sûre que tu exagères.

– Ma grand-mère est venue à l'un de mes spectacles et a dit que j'étais gracieuse comme un éléphant. Elle avait raison : j'étais super raide et il y a plein de mouvements que je ne pouvais pas faire alors que les autres filles y arrivaient sans problème. Alors, j'ai arrêté. Et je ne comprends rien aux spectacles. Je ne suis pas capable d'inventer des chorégraphies ou de dresser des chevaux pour qu'ils fassent des figures compliquées.

– J'ai l'impression que tu te compares beaucoup aux autres. Chacun a ses forces et ses faiblesses. Tu dois travailler sur les tiennes sans te préoccuper de ce que font ou pensent tes camarades. Pourquoi tu ne choisis pas simplement la discipline qui te fait envie ?

C'est un bon conseil, Ariana le sait. Mais c'est plus facile à dire qu'à faire.

– Souviens-toi de la raison pour laquelle tu es là et… amuse-toi ! Tout le monde n'a pas la chance d'être dans une école comme celle-ci.

Ariana hoche la tête : Mme Vallière a raison, si elle se fait renvoyer dans quelques jours, autant qu'elle en profite au maximum !

CHAPITRE 8

À nous deux, Summer !

Dès le lendemain, Ariana essaye de s'amuser en équitation et d'arrêter de se comparer aux autres. Aussitôt, les cours deviennent mille fois plus agréables ! C'est vrai qu'elle s'embrouille encore facilement dans ses parcours et qu'elle n'arrive pas à maîtriser le changement de pied - les chevaux ne posent jamais le bon sabot par terre quand elle le demande ! - , mais elle se sent déjà plus à l'aise.

D'ailleurs, elle doit reconnaître que, malgré ses erreurs, personne ne se moque d'elle ou ne la traite de nulle. Elle était si concentrée sur ses problèmes qu'elle n'a vraiment parlé qu'avec Epona, et elle comprend qu'elle a eu tort. Est-ce que ce n'est pas aussi pour rencontrer des passionnés de chevaux qu'elle voulait venir au Haras ?

Ariana décide de faire un effort pour être plus sociable. Enfin, sauf avec Inès, qui paraît de plus en plus renfrognée et silencieuse chaque jour. Pourtant, elle, elle réussit tout ! Les professeurs n'arrêtent pas de la complimenter sur sa technique impeccable.

Trois jours avant son rendez-vous chez le directeur, Ariana monte un cheval blanc qui obéit bien et ne lui a pas joué un seul mauvais tour. Elle a même réussi à finir le parcours d'obstacles sans se tromper. Pour une fois, elle est assez fière d'elle. Revenue devant les écuries, elle attache le cheval pour lui enlever sa selle et son filet avant de le brosser. Elle a décidé d'assister à un cours sur la chorégraphie de spectacle en fin d'après-midi, mais elle a encore du temps devant elle.

Un garçon aux yeux clairs et aux cheveux bruns s'approche en tenant par la bride un cheval bai qui n'a pas l'air coopératif.

Ariana le reconnaît. Il s'appelle Dimitri et il est dans l'autre sixième. Quant au cheval, il suffit qu'il fasse un grand mouvement de tête au moment où Dimitri essaye de l'attacher pour qu'elle sache de qui il s'agit : c'est Summer, cette sale bête !

Ariana n'en est pas très fière, mais ça la rassure de voir que la jument est désagréable avec tout le monde.

– Allez, dit le garçon au cheval. J'ai besoin que tu te tiennes tranquille : je dois partir dans cinq minutes !

– Tu vas au cours d'initiation aux soins vétérinaires ? demande Ariana.

Elle se souvient que Dimitri veut intégrer la section soins.

– Oui… Enfin, si cette tête de mule arrête de bouger, dit Dimitri en réussissant enfin à attacher le licol autour du cou de l'animal et à le relier à l'anneau au mur.

Ariana hésite un instant. Mais après tout, si elle est renvoyée la semaine prochaine, autant qu'elle profite de toutes les occasions de s'occuper des chevaux.

– J'ai fini avec Daisy et mon prochain cours est dans une heure. Je peux m'occuper de ton cheval, si tu veux, propose-t-elle.

– C'est vrai ? Summer n'est pas facile.

– Crois-moi, je suis au courant : je l'ai eue le premier jour, répond Ariana avec une grimace.

Dimitri fronce le nez à son tour.

– Ah, c'est pas de chance. J'ai mis une éternité à la seller et elle a passé tout le cours à essayer de me faire tomber. En plus, on dirait qu'elle va mordre dès qu'on approche la main de sa tête !

– Je sais. C'est la jument la plus méchante que j'ai jamais rencontrée ! s'exclame Ariana.

Summer hennit et secoue la tête, comme si elle avait compris qu'on la critiquait.

– Tu es sûre de vouloir t'en occuper ? Elle a l'air de mauvaise humeur, hésite Dimitri.

– Pas de problème. Je rentre Daisy et je me charge de Summer, affirme Ariana.

– D'accord, merci ! J'y vais ! répond Dimitri avant de s'éloigner.

Ariana met Daisy dans son box.

Les écuries sont désertes. Les sixièmes sont tous partis après avoir rentré leurs chevaux ou emmené leurs montures brouter. Les quatrièmes sont encore en plein entraînement, tandis que les cinquièmes et les troisièmes, qui ont équitation le matin, sont en classe. Ariana vérifie que Daisy a à boire et elle lui remet du fourrage avant de retourner voir Summer.

La jument baie s'agite, les oreilles couchées. Elle n'a pas l'air contente.

– Bon, à nous deux !

Ariana s'approche de la jument avec précaution. Celle-ci souffle par les naseaux, comme si elle la mettait au défi de l'obliger à faire quoi que ce soit. Bizarrement, maintenant qu'il n'y a pas de professeur en train de la regarder et qu'elle n'a plus aussi peur de se ridiculiser, Ariana trouve l'attitude de la jument assez amusante : Summer ressemble à un personnage de dessin animé qui fait un caprice.

– Cette fois-ci, on va voir qui est la plus têtue de nous deux ! annonce Ariana.

Mais, au moment où elle va défaire la sangle qui tient la selle, elle entend un bruit de sabots derrière elle.

Un cheval noir passe la porte rouge et sort tout seul de l'écurie intérieure. Sans licol, filet ni selle, il prend alors de la vitesse et s'éloigne.

– Hé ! Un cheval s'échappe ! crie Ariana.

Personne ne répond.

Elle est toute seule dans les écuries et le cheval noir s'enfuit au galop !

CHAPITRE 9

Éclair s'enfuit

Ariana n'hésite qu'une seconde : si elle ne fait rien, le cheval pourrait se blesser ou sortir du domaine du Haras des étoiles !

Elle détache Summer et met son pied dans l'étrier pour se hisser sur son dos. Comme si elle avait saisi la gravité de la situation, la jument ne résiste pas.

– Allez ! Vas-y, Summer ! crie Ariana en la talonnant.

La jument part comme une flèche à la suite de l'étalon noir.

Il longe le château et passe devant une carrière dans laquelle un groupe est en train de travailler avec Mme Vallière. Ariana entend la professeure lui demander ce qui se passe, mais elle n'a pas le temps de s'arrêter : le fugitif se dirige droit vers le terrain de cross que borde une route. Un cheval déterminé peut sauter très haut… S'il passe au-dessus de la barrière qui sépare le terrain de la route, il va se retrouver au milieu des voitures !

– Summer, plus vite ! l'encourage Ariana sans quitter le cheval noir des yeux.

Summer suit le cheval à travers un étang peu profond, trempant le pantalon d'Ariana, et saute sans effort par-dessus un énorme tronc d'arbre.

Ariana la pousse encore à accélérer alors que le cheval noir arrive à la barrière qui marque la fin du terrain. Celle-ci est doublée d'une haie touffue. L'animal hésite à sauter, tandis que Summer franchit d'un bond un obstacle qui ressemble aux premières marches d'un escalier.

– Ho ! Arrête-toi ! ordonne Ariana à Summer, alors qu'elles arrivent enfin à la hauteur de l'étalon.

Ce dernier se retourne, mais Ariana se penche pour attraper sa crinière.

– Stop ! dit-elle. On ne bouge plus !

Le cheval se dégage en secouant la tête et s'apprête à repartir, quand Mme Vallière arrive au galop sur un cheval gris. Elle barre le chemin à l'étalon noir et descend de sa monture.

– Éclair ! Viens ici, ordonne-t-elle.

Le cheval s'approche immédiatement d'elle.

– Donne-moi le licol de Summer, dit-elle à Ariana.

Ariana se dépêche de le défaire et regarde la professeure le mettre à Éclair avant d'y attacher la longe qu'elle a apportée.

– Qu'est-ce qui s'est passé ? demande Mme Vallière, qui remonte en selle en tenant la longe d'une main.

– J'allais rentrer Summer quand j'ai vu ce cheval sortir de l'écurie tout seul, répond Ariana en se demandant si elle a fait une bêtise. Son box devait être mal fermé. J'ai eu peur qu'il se sauve, alors je l'ai suivi.

Mme Vallière observe Summer et Ariana d'un air pensif.

– Je vois. Bon travail.

Ariana ne peut s'empêcher de sourire alors qu'elle reconduit Summer vers les écuries. Elle lui tapote l'encolure d'une main : grâce à la jument, elle a l'impression d'avoir enfin fait quelque chose de bien… Et puis, c'était génial de galoper et de sauter comme ça à toute vitesse. Elle ne s'était pas autant amusée depuis des jours !

CHAPITRE 10

Il faut essayer !

Sa convocation à la main, Ariana respire à fond avant de frapper à la porte du bureau du directeur du Haras.

C'est l'heure de son rendez-vous avec M. Dewilde et, même si elle voudrait se cacher dans un trou de souris pour y échapper, impossible de reculer.

– Entrez ! dit une voix grave.

Ariana a déjà vu le directeur à la réunion de prérentrée et elle le croise régulièrement :

il monte à cheval tous les jours et donne des cours aux troisièmes. Il est donc souvent dans les écuries. C'est un homme assez petit avec une moustache brune et plus beaucoup de cheveux. C'est aussi le père d'Epona, à laquelle il ne ressemble pas vraiment, si ce n'est qu'il est lui aussi très mince.

Ariana n'a jamais eu aussi peur de quelqu'un. Est-ce qu'il va lui dire qu'il s'est trompé en l'acceptant au Haras et qu'elle n'est pas assez douée pour rester ?

Elle se demande si lui parler du cheval qu'elle a rattrapé la semaine dernière le ferait changer d'avis, mais elle n'est pas sûre d'avoir le courage de se défendre.

Assis derrière une pile de documents, le directeur lève le nez à son entrée.

– Ah, bonjour, Ariana. Assieds-toi !

Il fait un geste vers la chaise installée devant son bureau. Ariana fait trois pas avant de sentir l'angoisse l'étrangler.

– S'il vous plaît, ne me renvoyez pas ! laisse-t-elle échapper.

– Qui parle de te renvoyer ? demande le directeur, l'air surpris.

C'est au tour d'Ariana d'être étonnée.

– Sinon, pourquoi vous m'auriez convoquée ?

– Je rencontre tous les nouveaux élèves pour vérifier que tout va bien. Tu n'en n'as pas parlé avec tes amis ?

Ariana secoue la tête. Elle se sent un peu bête, mais elle est si soulagée qu'elle a envie d'éclater de rire.

– Alors, je ne vais pas avoir de problèmes ? demande-t-elle en s'asseyant.

– Pour quelle raison aurais-tu des problèmes ?

– Je n'arrête pas de rater mes exercices d'équitation, marmonne Ariana. Et toutes les spécialités sont trop dures pour moi…

– Je vois. Tu sais, je ne pense pas que la situation soit aussi dramatique que tu l'imagines…

M. Dewilde sourit gentiment.

– Pour commencer, tes professeurs trouvent que tu as beaucoup de qualités et que tu as le potentiel pour devenir une bonne cavalière. Ils m'ont surtout dit qu'il fallait que tu aies plus confiance en toi et que tu te détendes. Et puis, tu exagères en disant qu'aucune spécialité ne te correspond. Que penses-tu de la section sport ?

– J'ai assisté à plusieurs leçons, mais ça a l'air très difficile, dit Ariana.

– Mme Vallière t'a vue traverser le terrain de cross vendredi et elle a été impressionnée. Elle serait ravie de t'accueillir dans sa spécialité.

– C'est vrai ?

Ariana n'en revient pas. Elle était si concentrée sur le cheval noir qu'elle se souvient à peine de ce qu'elle a fait sur le terrain de cross. Tout ce qu'elle sait, c'est que sa tenue d'équitation était couverte de boue après coup.

– Oui. Réfléchis-y. Ces spécialités sont une façon pour vous d'approfondir un domaine qui vous intéresse : elles ne représentent qu'une partie de votre note finale. Si vraiment ça ne se passe pas bien dans la section que tu auras choisie, on trouvera une solution ensemble.

Ariana a l'impression qu'un poids a été enlevé de ses épaules. Les problèmes qui lui paraissaient insurmontables ce matin encore sont soudain bien moins terribles.

– D'accord, je vais y réfléchir.

– Je suis content que nous ayons eu cette conversation. Et si tu as un souci ou que tu veux parler de quelque chose, n'oublie pas que tes professeurs et moi-même sommes là.

Ariana hoche la tête et se lève, hissant son sac sur son épaule.

– Au fait, c'est toi qui partages la chambre d'Inès Amara ?

– Oui.

– Essaye d'être gentille avec elle. Elle n'a que dix ans et j'ai l'impression que sa famille lui manque énormément.

Ariana ne voit pas comment aider Inès, alors que sa camarade de chambre ne lui adresse pas la parole.

– D'accord, dit-elle quand même.

Elle sort du bureau après avoir remercié le directeur et va se promener dans le parc.

Elle s'arrête devant un cours de saut de troisième pour réfléchir. C'est incroyable de les voir sauter de plus en plus haut et maîtriser le nombre de pas de leur cheval entre chaque obstacle. Après les avoir regardés un moment, Ariana sort la feuille de choix un peu froissée de son sac et coche la case « sport ».

M. Dewilde a raison : il faut essayer !

CHAPITRE 11

Une bonne équipe ?

Après avoir pris sa décision, c'est comme si un mauvais sort avait été levé : Ariana se sent beaucoup mieux. Bien sûr, ça ne veut pas dire qu'elle réussit tout du premier coup, mais ça, ça n'a pas d'importance. Ce qui compte, c'est qu'elle progresse… et qu'elle soit heureuse d'être au Haras.

Enfin, le jour tant attendu arrive. Le 2 octobre, les professeurs vont annoncer quel cheval chaque élève va monter pour le reste de l'année ! Ariana ne tient pas en place. Dès la fin des cours du matin, elle saisit son sac et court jusqu'au hall d'entrée du château pour aller consulter le tableau d'affichage.

Elle voit d'abord le nom d'Epona : elle a décidé de rejoindre la section sport, elle aussi, et on lui a attribué un étalon gris appelé Vif-Argent.

– Tu es contente ? demande-t-elle à son amie en cherchant son nom sur la liste.

– Oui, c'est un bon cheval, répond Epona.

Autour d'elle, elle entend des murmures de déception et des cris de joie. Tout le monde n'a pas eu le cheval qu'il voulait.

Enfin, elle trouve sa ligne :

Nom : Manzini Ariana / Section : Sport / Cheval : Summer.

– Oh, non ! s'écrie-t-elle. Pas Summer !

Epona fait une grimace.

– Désolée. Mais tu sais, je crois que vous pourriez faire une bonne équipe, ajoute-t-elle après un instant de réflexion.

– Une bonne équipe ! s'écrie Ariana. Ils m'ont donné la jument que je n'ai même pas réussi à sortir de son box le premier jour !

– Tu l'as montée pour rattraper Éclair, la console Epona.

– J'en veux pas, ça va être horrible. Attends, ton père a dit que je pouvais parler aux professeurs en cas de problème ! J'ai un problème avec ce cheval, alors je vais aller les voir ! On se retrouve pour le dîner !

Déterminée, Ariana se dirige vers la salle des professeurs d'équitation, qui se trouve derrière les écuries. Mais alors qu'elle passe à côté de la sellerie, elle entend quelqu'un pleurer. Surprise, elle s'arrête et passe la tête à l'intérieur.

Inès est là, assise à côté d'un chariot sur lequel il y a encore un tapis de selle et une couverture, et elle sanglote si fort que ses épaules tressautent.

Ariana hésite à s'approcher. De toute évidence, sa camarade de chambre ne l'aime pas. Mais M. Dewilde a raison : Inès n'a que dix ans, et c'est sûrement dur pour elle d'être loin de sa famille. En plus, elle a l'air un peu seule.

Ariana a un an de plus qu'elle, elle s'est tout de suite fait une amie en arrivant et elle adore le Haras. Mais il y a des moments où ses parents, son petit frère et sa vie d'avant lui manquent. Même si elle leur téléphone et qu'elle leur envoie plein de messages, ce n'est pas pareil que de les voir tous les jours.

Ariana entre dans la sellerie.

– Ça va ? demande-t-elle. Pourquoi tu pleures ?

Inès lève la tête en reniflant, puis elle recommence à sangloter.

– Je voulais monter Cherokee, hoquette-t-elle. Mais on m'a donné un autre cheval. Et puis, je veux voir mes parents, mes sœurs et mon chien ! Je ne me suis pas fait un seul ami ici : même toi, tu me détestes !

Ariana sort un paquet de mouchoirs de son sac et le lui tend.

– Je croyais que c'était toi qui ne m'aimais pas, dit-elle. Tu ne réponds jamais quand je te parle.

Inès devient rouge comme une tomate et bafouille quelque chose.

– Quoi ? demande Ariana.

– Je ne suis pas très douée avec les gens que je ne connais pas. Je dis n'importe quoi et après, on se moque de moi. En plus, j'ai tout le temps envie de pleurer et je ne veux pas avoir l'air d'un bébé…

Ariana est surprise. En fait, Inès est *vraiment* timide !

– Alors… tu veux qu'on aille parler aux professeurs pour ton cheval ? demande-t-elle. J'y allais, de toute façon. On m'a donné Summer.

– La jument qui mord ? demande Inès. Ma pauvre ! Je l'ai eue en voltige et elle s'est couchée au milieu du manège pendant un exercice !

D'un coup, c'est Ariana qui a envie de pleurer.

– Oui, cette jument-là. Bon, on y va, dit-elle en rassemblant son courage. Il faut qu'on persuade les professeurs de changer nos chevaux !

CHAPITRE 12

Un cadeau pour Summer

Quand elles arrivent dans la salle des professeurs, Mme Vallière et M. Linsky sont en train de boire un café.

Au moment de prendre la parole, Inès rentre les épaules et recule d'un pas comme si elle allait s'enfuir. Ariana comprend alors à quel point sa nouvelle amie a du mal à s'exprimer.

– Vas-y, ils ne vont pas te gronder, l'encourage-t-elle.

D'une toute petite voix, Inès explique qu'elle veut monter Cherokee : elle l'a su dès qu'elle l'a vu, c'est le cheval qu'il lui faut. Les deux adultes l'écoutent avec attention.

– C'est un peu compliqué, dit finalement M. Linsky.

– Quelqu'un le monte déjà ? demande Inès, au bord des larmes.

– Non. On ne donne Cherokee à personne, c'est un cheval de promenade, répond Mme Vallière. Il supporte mal la pression. Dès qu'il a du public, il a tendance à se bloquer. L'attribuer à un élève qui le montera pour des compétitions ou des événements, ne serait pas lui rendre service.

Inès n'est pas découragée pour autant : ses yeux noirs sont plus décidés que jamais.

– Je veux quand même m'entraîner avec

lui, insiste-t-elle. Je ne monterai aucun autre cheval.

Les deux professeurs se regardent.

– Si tu en es sûre… Tu peux le prendre à l'essai, dit enfin M. Linsky. Mais n'hésite pas à revenir nous voir si ça ne se passe pas bien.

Inès fait un sourire radieux, et c'est la première fois qu'elle a l'air heureuse depuis qu'Ariana l'a rencontrée.

– Merci ! dit-elle en quittant précipitamment la pièce, comme si elle craignait que les professeurs ne changent d'avis.

– Et moi, je peux avoir un autre cheval ? demande Ariana, pleine d'espoir. N'importe lequel du moment que ce n'est pas Summer.

Mme Vallière se met à rire.

– Tu lui en veux encore pour ta première leçon ?

Ariana se renfrogne. Elle préfère ne pas y penser, c'était trop la honte.

– On ne choisit pas votre partenaire au hasard, tu sais, reprend la professeure. On cherche un cheval qui vous apprendra quelque chose.

– Comme quoi ? demande Ariana, perplexe.

– Comme la patience. Tu as tendance à foncer tête baissée et à agir sans réfléchir. Summer n'est pas un mauvais cheval, je t'assure. Malgré sa réputation, elle n'a mordu qu'une seule fois quelqu'un qui l'avait bien mérité. Tu dois apprendre à gagner sa confiance.

Mme Vallière se lève et prend une pomme verte dans une coupe de fruits. Elle la lance à Ariana qui la rattrape maladroitement.

– Tiens ! C'est celles-là qu'elle préfère, dit-elle. Il faut des efforts et du temps pour construire une relation. C'est la même chose pour les chevaux et les humains : la confiance, ça ne vient pas en un jour. Si tu penses honnêtement que ça ne va pas marcher, reviens nous en parler. Mais garde l'esprit ouvert !

Ariana grommelle une réponse et suit Inès dehors. Celle-ci l'attend devant la salle des professeurs.

– J'ai tout entendu. Alors, tu gardes Summer, hein ? dit-elle, compatissante.

– Oui.

Ariana regarde la pomme. Maintenant qu'elle l'a, autant qu'elle l'offre à Summer.

– On va voir les chevaux ? propose-t-elle.

Elles rendent d'abord visite à Cherokee, qui semble ravi de voir sa nouvelle cavalière et pose son museau roux sur l'épaule d'Inès dès qu'elle entre dans le box.

– Il a l'air de t'adorer, dit Ariana, un peu jalouse.

Après avoir passé un moment avec lui, elles vont voir Summer.

La jument baie ignore ses visiteuses et leur tourne le dos.

– On dirait qu'elle n'a pas envie de nous voir. On rentre faire nos devoirs ? demande Inès.

Ariana hésite. Mais Mme Vallière a raison : elle doit faire preuve de patience.

– Je vais rester un moment, décide-t-elle.

Une fois seule, elle observe Summer. La jument l'ignore. Après quelques minutes, elle l'approche très doucement en lui parlant.

– Tiens, regarde ce que j'ai pour toi. Il paraît que tu aimes ces pommes-là.

Elle tend lentement le fruit à la jument. Summer lui jette un coup d'œil soupçonneux et recule. Puis, alors qu'Ariana s'apprête à abandonner, elle finit par faire un pas dans sa direction. Finalement, elle allonge le cou pour croquer la pomme.

– C'est bien, la complimente Ariana. Tu vois, quand tu veux ! Tu penses qu'on va finir par s'entendre ?

La jument termine le fruit avant de reculer de nouveau.

– Un sabot à la fois, hein ? Mais on va faire de grandes choses, toi et moi. Pas vrai ?

Summer hennit et Ariana décide d'interpréter ça comme un « oui ».

CHAPITRE 13

Dites « Cherokeeeeee » !

– Alors, tu as réussi à changer de cheval ? demande Epona, tandis qu'Ariana s'installe à côté d'elle pour dîner.

– Non ! dit joyeusement Ariana. Il va me falloir une tonne de pommes, je crois.

Du coin de l'œil, elle voit Inès chercher une place où s'asseoir. Ariana lui fait un signe de la main et Inès sourit timidement avant de se diriger vers elle.

– Vous n'êtes plus fâchées ? demande Epona.

– On n'était pas fâchées. En fait, je pense que Summer et Inès ont quelque chose en commun, répond Ariana.

– Quoi ?

– Elles sont toutes les deux super timides.

Epona se met à rire.

– Ah, tu crois ?

Inès s'assoit à côté d'Ariana et salue Epona sans la regarder. Quand Epona essaye de l'inclure dans la conversation, elle ne répond que par « oui » ou par « non ».

– Ne t'en fais pas. Epona fait peur quand on ne la connaît pas. Mais en fait, elle est gentille, plaisante Ariana pour la mettre à l'aise.

– Hé ! C'est pas vrai, je fais pas peur !

s'exclame Epona. Et je suis hyper sympa, je te signale !

Inès se met à rire et, tout à coup, elle est plus détendue. Ariana sourit. Elle est certaine qu'Inès et Epona seront bientôt les meilleures amies du monde. Dès la fin du repas, elle les traîne aux écuries.

– Qu'est-ce qu'on fait là ? demande Epona.

– C'est le premier jour de notre amitié à toutes les trois, et puis on a enfin nos chevaux à nous : il nous faut une photo pour marquer le début de cette grande aventure ! affirme Ariana. Pas vrai, Inès ?

– Oui, je crois, murmure celle-ci.

Ariana leur fait prendre la pose devant le box de Summer.

– Dites « Cherokeeeeee » !

Alors qu'Ariana regarde la photo sur l'écran de son téléphone, elle est sûre qu'elle a raison : avec un peu de patience, beaucoup d'enthousiasme et plein de pommes, tout ira très bien !

DANS LE PROCHAIN ÉPISODE

Ariana réussira-t-elle à apprivoiser Summer ?

Comme se déroulera l'entraînement avec Cherokee ?

À suivre dans le tome 2 du *Galop des étoiles*…

LEXIQUE

Bai : couleur de cheval, qui associe une robe (couleur des poils) rousse, marron ou brune, et des extrémités et des crins noirs.

Bouchon : brosse à poils durs.

Carrière : terrain clos en plein air où l'on pratique l'équitation.

Cross ou cross-country : épreuve de course dans laquelle les obstacles sont naturels (rivière, troncs d'arbres, trous, buttes, buissons).

Encolure : partie du corps du cheval située entre l'épaule et la tête.

Étalon : cheval mâle autorisé à se reproduire.

Filet : ensemble des lanières qui enserrent la tête du cheval pour le guider. Les rênes et le licol sont une partie du filet.

Galop : examen et diplôme de la Fédération française d'équitation qui atteste d'un niveau du cavalier.

Licol : harnachement qui enserre la tête du cheval.

Longe : longue corde ou lanière qui sert à mener un cheval ou à l'attacher.

Manège : terrain clos dans un bâtiment, dont le sol est souvent mou (en sable ou en terre battue).

Obstacles (saut d') : sport équestre pratiqué sur un terrain où des obstacles sont construits ou posés. Le cheval et son cavalier doivent franchir ces obstacles dans un ordre donné sans les renverser, les refuser ni les contourner.

Panser : pratiquer la toilette. Le pansage se fait sans mouiller l'animal, avec différentes brosses : étrille, bouchon, brosse douce, et un cure-pieds (dans l'ordre de leur utilisation).

Plat : pratique équestre sur un terrain dépourvu d'obstacles. Le travail sur le plat se fait aux trois allures, en ligne droite ou selon des figures comme les cercles, les serpentines, les huit, les voltes et demi-voltes.

Sellerie : pièce où l'on range l'équipement des chevaux (selles, brides, couvertures…).

Shetland : poney originaire des îles Shetland, en Écosse.

Voltige : mouvements de danse et sauts acrobatiques exécutés sur un cheval arrêté ou au galop.

LES ROBES

La robe d'un cheval est définie par la couleur des poils (sur le corps), des crins (la crinière et la queue) et des extrémités (les membres, le bout du nez et les oreilles), ainsi que par la couleur de la peau et des yeux.

GALOP 1

Les différentes robes sont identifiées dans 4 grandes familles :

1★ les alezans : poils, crins et extrémités fauves (marron ou roux), allant du clair au foncé, peau claire et yeux foncés. La robe est unie.

2★ les bais : poils fauves, crins et extrémités noirs, peau noire et yeux foncés.

3★ les noirs : poils, crins et extrémités noirs, peau noire et yeux foncés. La robe est unie.

GALOP 2

4★ les autres :

les blancs : poils et crins blancs, peau rose et yeux foncés.

les crème : poils et crins crème (blanc légèrement jaune), peau rose et yeux clairs.

les chocolat : poils et crins chocolat (marron foncé), peau noire et yeux foncés.

les gris : poils blancs et noirs, crins blancs ou noirs, peau foncée, yeux foncés.

Les robes blanches, crème et chocolat sont unies : les poils et les crins sont de la même couleur.

blanc

crème

chocolat

gris

Les taches blanches n'interviennent pas dans la définition des robes. Lorsqu'elles sont nombreuses, le nom de la robe est complété par :

pie : si les taches sont grandes ;

tacheté : quand les taches sont petites.

bai pie

noir pie

bai tacheté

LES DISCIPLINES ÉQUESTRES

GALOP 3

Les disciplines équestres sont très nombreuses et permettent de pratiquer l'équitation de manières très différentes. La plupart des disciplines donnent lieu à des compétitions internationales.

1★ Les disciplines olympiques :

- le dressage : le cavalier et son cheval présentent une reprise : une succession de figures et de mouvements définis.

- le CSO (Concours de Saut d'Obstacles) : le cavalier et son cheval franchissent des obstacles construits ou posés dans une carrière, dans un ordre défini et un temps limité, sans les renverser, les refuser ni les contourner.

- le CCE (Concours Complet d'Équitation) : cette discipline comporte 3 épreuves : une reprise de dressage, un CSO et un parcours de cross. Le cross est un concours de saut d'obstacles naturels dans la campagne.

L'équitation est le seul sport olympique mixte : hommes et femmes participent aux mêmes épreuves.

2★ Les disciplines mondiales de la FEI (Fédération Équestre Internationale) :

- l'attelage (1 à 4 chevaux ou poneys attelés à une voiture),

- l'endurance (course balisée de 20 à 160 km),

- le reining (dressage d'équitation western),

- la voltige,

- le dressage para-équestre pour les cavaliers en situation de handicap.

LE PANSAGE COMPLET

Le pansage est le soin régulier du cheval. Pratiqué avant et après l'exercice, il permet de contrôler la présence d'éventuelles blessures et crée une relation de confiance entre le cavalier et sa monture.

GALOP 1

Les étapes et les outils du pansage :

1★ l'étrille décolle les poussières, la sueur et les traces de boue séchée. Elle s'applique sur les parties charnues du corps, les épaules et la croupe, en appuyant fort et en cercles pour masser le cheval.

2★ le bouchon enlève les restes de poussière. Il brosse les parties charnues (énergiquement) et osseuses (délicatement) du cheval dans le sens du poil, depuis l'encolure pour finir sur la croupe.

3★ la brosse douce lustre le poil. Elle se passe après le bouchon sur le corps et directement sur la tête, d'abord à rebrousse-poil, puis dans le sens du poil.

4★ les crins (crinière et queue) se démêlent avec les doigts.

GALOP 2

5★ le cure-pied. Pour curer les pieds, le cavalier se place systématiquement sur le côté du cheval, orienté vers la croupe. Il pose sa main sur le haut de la jambe et descend doucement : le cheval présente alors son pied de lui-même. Le cure-pied ne doit jamais toucher la fourchette, qui se nettoie à la brosse.

Le cavalier veillera à maintenir un contact permanent avec son cheval, et à ne pas écarter le membre pour ne pas forcer sur les articulations.

AS-TU LU LES AUTRES TOMES DE GALOP DES ÉTOILES ?

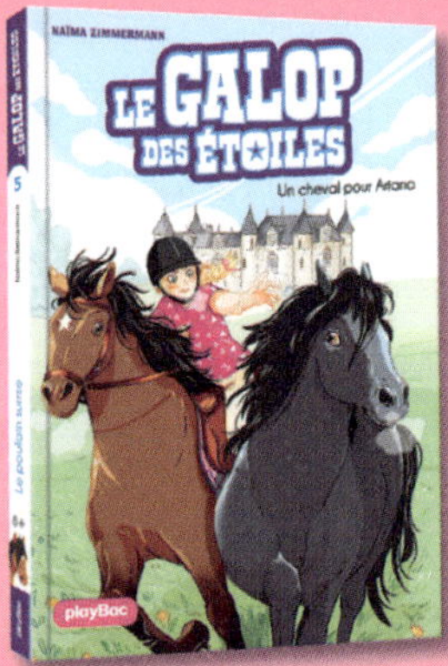

TOME 1 : Un cheval pour Ariana

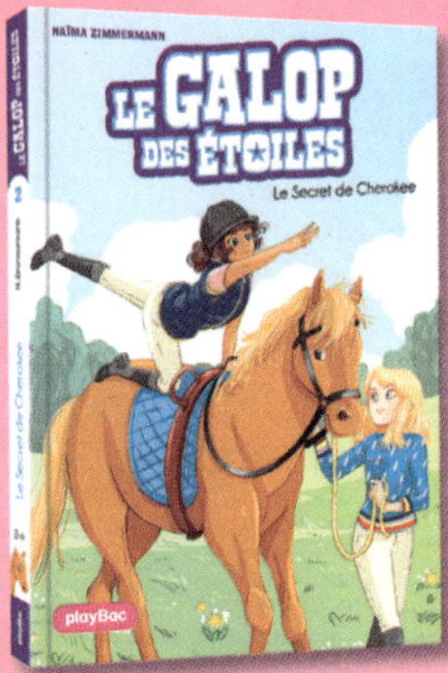

TOME 2 : Le Secret de Cherokee

TOME 3 : Mauvaise chute

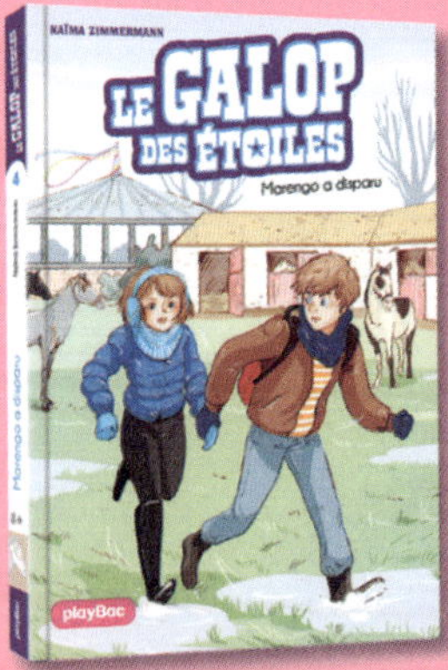

TOME 4 : Marengo a disparu

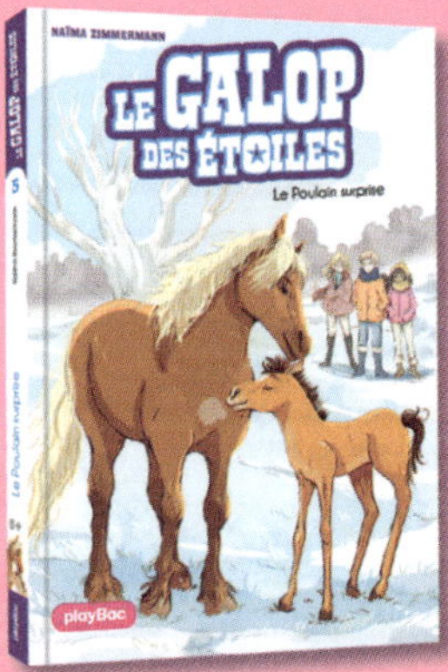

TOME 5 : Le Poulain surprise

Naïma Zimmermann

Il y a fort fort longtemps, Naïma Zimmermann a fait du cheval en poney-club. À neuf ans, elle avait lu quinze fois *Splendeur du cheval*, trois fois *Mon amie Flicka* et ses suites, ainsi qu'une interminable série de livres-documentaires sur les races équines (dont elle connaît encore toutes les caractéristiques et les origines par cœur). Quand elle avait dix ans, ses deux sœurs et elle mirent en commun leurs économies dans le but d'acquérir un pur-sang arabe... Mais faute d'avoir pu réunir la somme nécessaire en pièces de vingt centimes, elles achetèrent un lapin.

Il était inévitable qu'elle écrive *Le Galop des étoiles* un jour. Elle ne comprend pas elle-même pourquoi il lui a fallu aussi longtemps pour s'y mettre.

Ariane Delrieu

Née en 1984, Ariane Delrieu fait des études d'art à la Villa Thiole, à Nice, puis aux beaux-arts de Caen, et travaille comme illustratrice dans l'édition jeunesse depuis 2007.

ISBN : 978-2-8096-7788-1
Dépôt légal : novembre 2021

Pages 118 à 123 : illustrations koffiekup/shutterstock, LynxVector/shutterstock, Magura/shutterstock.

Mise en page : Sarah Bouyssou pour l'intérieur,
Élodie Marty pour la couverture.
Correction : Alice Revarin et Judith Nouvion.
Photogravure : IGS.
Imprimé en Serbie par Publikum.

FSC
www.fsc.org
MIXTE
Papier issu de sources responsables
FSC® C117682